GUÍA DE LECTURA

Escrita por Vincent Guillaume
Traducida por Laura Soler Pinson

El proceso

de Franz Kafka

Entiende fácilmente la literatura con

Resumen
Express.com

www.resumenexpress.com

FRANZ KAFKA   1

Novelista de lengua alemana

EL PROCESO   2

Una novela con múltiples facetas

RESUMEN   3

ESTUDIO DE LOS PERSONAJES   8

Josef K.

Los empleados del tribunal

Las mujeres

El abogado Huld

CLAVES DE LECTURA   13

Un texto inacabado

La imposible búsqueda de sí mismo

El estilo kafkiano

PISTAS PARA LA REFLEXIÓN   19

Algunas preguntas para profundizar en su reflexión…

PARA IR MÁS ALLÁ   21

FRANZ KAFKA

NOVELISTA DE LENGUA ALEMANA

- **Nacido en 1883 en Praga (República Checa)**
- **Fallecido en 1924 cerca de Viena (Austria)**
- **Algunas de sus obras:**
  - *La metamorfosis* (1915), novela corta
  - *El proceso* (1925), novela
  - *El castillo* (1926), novela

Franz Kafka (1883-1924) es sin lugar a dudas uno de los grandes escritores del siglo XX. Es un autor que da lugar a confusiones: su obra ha generado muchos comentarios e interpretaciones. Sus textos reflejan sobre todo la alienación del hombre moderno, las fuerzas relativas a la sociedad, misteriosas pero implacables, que reinan sobre su existencia, y la búsqueda en vano de respuestas en un mundo incomprensible.

Judío de lengua alemana, residente en Praga, Kafka tuvo que contentarse con escribir generalmente de noche, puesto que de día trabajaba en un despacho. Sus escritos, que pasaron inadvertidos mientras él estuvo vivo, adquirieron una popularidad cada vez mayor tras su muerte, a causa de la tuberculosis, en 1924. Entre otros, los más famosos son, sin duda, *La metamorfosis* (1915) y *El proceso* (1925).

EL PROCESO

UNA NOVELA CON MÚLTIPLES FACETAS

- **Género:** novela
- **Edición de referencia:** Kafka, Franz. 2011. *El proceso*. Traducido por Feliu Formosa. Madrid: Alianza Editorial
- **Primera edición:** 1925
- **Temáticas:** normas, sociedad, debacle, búsqueda de sí mismo, absurdo, arbitrariedad

Escrito entre 1914 y 1915, *El proceso* es la segunda novela inacabada de Kafka (después de *América*, publicada en 1927). En este libro, relata el combate, primero feroz y luego resignado, de Josef K. contra su proceso, un giro igual de inesperado que inexplicable en su vida. Convencido de su inocencia y sin siquiera saber de qué se le acusa, K. intenta comprender el mecanismo al que ha sido arrastrado y enfrentarse a él, pero fracasa sistemáticamente.

El proceso nos muestra la debacle de un hombre obligado a cuestionarse a sí mismo para defenderse, pero eso le resulta imposible. Su manera de pensar, demasiado dependiente de las normas establecidas por la sociedad, llevará a Josef K. a perder un proceso que parece incomprensible.

RESUMEN

CAPÍTULO 1

La mañana en que cumple treinta años, Josef K. es arrestado en su piso «sin haber hecho nada malo». Pide explicaciones, pero los guardias no quieren o no pueden dárselas. Le aseguran, sin embargo, que no se trata de un error, puesto que el organismo del que forman parte «se ve atraído por la culpa». A continuación, K. es escuchado por un inspector en la habitación de su vecina, la señorita Bürstner. Antes de marcharse, el inspector informa a K. de que no está confinado en su piso.

Tras la jornada laboral, K. espera a que la señorita Bürstner vuelva, para pedirle perdón por el desorden en su habitación. Llega mucho más tarde, más avanzada la noche. K. le explica el caso en detalle, el ambiente se vuelve ambiguo y él termina por besarla antes de volver a su habitación, ya que ha despertado a un vecino.

CAPÍTULOS 2-3

K. debe ir a su primer interrogatorio; ha encontrado el camino a duras penas en el edificio indicado, y llega a una sala abarrotada, justo bajo el tejado. Cuando el juez le interroga, pronuncia un alegato contra su proceso, apunta a un error judicial y denuncia la manera en la que se le ha tratado al arrestarle. Sin embargo, después se da cuenta de que todo el público, que él creía a su favor, se ha puesto de parte del tribunal. Sale enfurecido de la sala.

A la semana siguiente, K. se encuentra en la misma sala, pero esta vez está vacía. Habla con la lavandera, que resulta ser la esposa de un ujier, y que le ofrece su ayuda con la esperanza de que él también pueda cambiar la situación de la mujer. Sin embargo, un estudiante la lleva ante el juez, que siente debilidad por ella. Después, K. conoce al marido que, por miedo a perder su sitio, se ha resignado a las aventuras de su esposa. Lleva a K. a visitar los despachos del tribunal, situados en el mismo edificio. K. observa a los acusados que esperan en una actitud de sumisión extrema. Rápidamente, se siente débil a causa del aire viciado de los pasillos y se pierde por sus laberintos. Justo en el momento en el que conoce al informante, tiene que salir del edificio porque empieza a encontrarse mal.

CAPÍTULO 4

K. no consigue quedar de nuevo con la señorita Bürstner. La señorita Montag, una amiga de la chica, le hace saber que Bürstner no le da ninguna importancia a K., ni a sus intentos de justificación en relación con su conducta anterior. Cuando el vecino que K. había despertado entra en la sala común y muestra sus respetos a la señorita Montag, K. se siente incapaz de ser cortés con ellos. Se escabulle y sospecha que ambos hablan mal de él a sus espaldas.

CAPÍTULO 5

Tras una jornada de trabajo, K. escucha ruido que proviene de un trastero en un pasillo cercano a su despacho. Allí ve a Franz y a Willem, los dos guardias que le arrestaron, a punto de recibir una paliza por las quejas que erigió contra ellos durante su interrogatorio. K. intenta sobornar al verdugo, pero éste rechaza y afirma que «el castigo es tan justo como inevitable». K. huye para evitar un escándalo, ya que Franz se pone a gritar cuando comienza el castigo. Al día siguiente, abre de nuevo la puerta del trastero y vuelve a ver exactamente la misma escena.

CAPÍTULO 6

El tío de K. ha escuchado hablar del proceso de su sobrino, así que va a visitarlo a su despacho. Se lo lleva a casa de su amigo Huld, el «abogado de los pobres». Durante la conversación en la cabecera del abogado enfermo, K. es el único que no está escuchando. Volver a ver a Leni, la enfermera de Huld, con cualquier oportunidad que se le presente le pone muy contento. Ella lo lleva al despacho del abogado y lo seduce sin más dilación. K. se presta al juego de buena gana y tras una conversación entre tierna y pícara, lo abraza casi bruscamente.

Una vez que salen de la casa de Huld, el tío de K. le abronca por haber causado una impresión desastrosa al abogado y al director de la secretaría del tribunal, que también estaba presente durante la visita.

CAPÍTULO 7

K., abstraído en el despacho, reflexiona acerca de los esfuerzos del abogado Huld, que considera insuficientes. Se acuerda de las largas explicaciones sobre los procedimientos del tribunal. K. empieza a tocar fondo en el trabajo descuidando a los clientes del banco, porque se preocupa por su proceso (que admite tomarse ya en serio). Uno de ellos está sorprendentemente al tanto, y le recomienda que vaya a hablar con Titorelli, el retratista del tribunal.

Titorelli le explica a K. en su taller que el tribunal no cambiará nunca de opinión en cuanto a su culpabilidad. Si es inocente, su caso solo tiene tres vías posibles: la absolución definitiva, que es en realidad una leyenda; la libertad aparente, de duración perfectamente indeterminada; y el mantenimiento del *statu quo* durante las primeras fases del proceso. K., desanimado por estas alternativas, compra varios cuadros como agradecimiento.

CAPÍTULO 8

K. va a ver a su abogado para notificarle que a partir de ese momento, no va a solicitar más sus servicios. Allí conoce a otro cliente, el comerciante Block, y conversa con él mientras espera a que Leni le anuncie. Cuando K. se encuentra frente al abogado, le hace partícipe de su decisión. Huld intenta en un primer momento hacerle entrar en razón, y a continuación decide demostrarle que hasta ese momento ha recibido un trato más que indulgente. Esto no siempre sucede así, sobre todo a medida que avanza el proceso. Convoca a Block, al que humilla y manipula como a un perro amaestrado delante de K. Éste, asqueado, no entiende que el abogado crea que le hará cambiar de opinión después de lo que acaba de ver.

CAPÍTULO 9

K. tiene que enseñar la ciudad a un cliente importante. Después de haberse preparado, espera en vano al cliente durante más de media hora en el lugar de encuentro, en la catedral. De repente, un religioso, que también es empleado en el tribunal, le llama desde lo alto de un púlpito. Le advierte de que su proceso no está yendo a su favor, y que se equivoca al contar con el tribunal. Además, le cuenta la parábola del hombre que, ante la puerta de la ley, espera toda su vida la autorización del primer guardia para poder entrar, y justo antes de su muerte se entera de que la puerta se va a cerrar, puesto que solo podía usarla él. La primera reacción de K. es la de vituperar al guardián de la puerta, pero el religioso le advierte de toda interpretación precipitada y deformadora. A esto le sigue una conversación sobre el sentido de la historia que, más que edificar a K., lo cansa.

CAPÍTULO 10

La víspera del cumpleaños de K., por la noche, dos verdugos van a buscarlo a su casa. K. no ofrece apenas resistencia cuando se lo llevan fuera de la ciudad, a una cantera abandonada. Parece que sabe que le ha llegado la hora, y quiere demostrar que el proceso le ha convertido en un hombre más lúcido. A pesar de todo, le carcomen las dudas justo antes del momento fatídico, y se pregunta si su defensa está bien armada. A continuación, uno de los verdugos le planta un cuchillo de carnicero en el corazón y K. muere: «era como si la vergüenza debiera sobrevivirle».

ESTUDIO DE LOS PERSONAJES

JOSEF K.

Es «el primer gerente de un gran banco» (Kafka 2011, cap. 2). Este joven directivo, con apellidos desconocidos, tiene un alto concepto de sí mismo. Involuntariamente arrogante, cree en las relaciones jerárquicas y por ello tiende a menospreciar a sus subordinados y a los empleados del tribunal que va conociendo, puesto que son de un rango inferior. Está seguro de sí mismo y de lo que se le debe. Además, está absolutamente convencido de su inocencia.

A pesar de que K. es muy testarudo, el proceso va a quebrantar esa confianza que tiene en sí mismo. Al principio, a K. le gusta creer y pretender que se trata de una broma; sin embargo, los problemas que derivan del caso le hacen darse cuenta por momentos de que no es infalible. K. se ve forzado continuamente a reducir sus esperanzas, aunque ello no le impide tranquilizarse justo después presumiendo otra vez de sus capacidades.

Centrado en su objetivo, K. razona siempre como si fuera a alcanzarlo (y lo vemos a partir de ese momento como un ser bastante egocéntrico). Sin embargo, los tormentos de su proceso dejan en evidencia varias debilidades:

- agotado y/o angustiado por la inquietud, comete muchos actos involuntarios, como por ejemplo los errores en su trabajo, aun cuando intenta salvaguardar su reputación;
- razona a veces de manera irracional (por ejemplo, intenta

legitimar el hecho de ser seducido por mujeres, convenciéndose de que podrán ayudarle durante el proceso) o poco realista;
* su proceso lo va volviendo paranoico con respecto a los rumores que circulan sobre él.

Sus actitudes y sus maneras de pensar normales, típicamente burguesas, y su suficiencia hacen que K. se vea totalmente desarmado por una adversidad tan inexplicable. Se nos presenta como el hombre que no se conoce a sí mismo, y que lucha contra fuerzas que le exceden cuando la rutina de su vida banal se resquebraja con este proceso. Al principio rememora los éxitos profesionales cosechados para convencerse de que tiene la capacidad de resolver cualquier situación, pero no se da cuenta de que al no estar en la misma línea de pensamiento que la gente del tribunal, jamás conseguirá nada mientras no aprenda a reflexionar de otra manera.

LOS EMPLEADOS DEL TRIBUNAL

A veces severos (el juez cuando interroga a K.), a veces patéticos (el ujier), muchos empleados del tribunal adoptan también una actitud casi amistosa con K., se muestran casi apenados cuando éste se equivoca y, aunque se mantienen firmes, intentan guiarle con consejos que, según ellos, sobrepasan ligeramente sus obligaciones. K. se confunde al pensar que este aspecto conciliador es una señal de debilidad y de insignificancia del proceso; por mucho que se muestren amables, los empleados se dedican por entero a su trabajo.

Por lo que parece, el tribunal no es una instancia estatal, como lo muestra la actitud desconfiada del policía cuando atisba a los dos verdugos que se llevan a K. en el último capítulo. Sin embargo, los empleados siguen los principios instaurados por una ley misteriosa: la culpabilidad nunca se pone en entredicho y todo debe reposar sobre el acusado (razón por la que a los abogados como Huld solo se les tolera).

En la práctica, sin embargo, los procesos del tribunal son descritos como muy burocráticos, agobiantes y complicados. La mayor parte del tiempo se llevan a cabo en secreto, tanto para el acusado como para muchos de los empleados. A menudo, estos últimos solo saben sobre un caso lo que concierne a su departamento («Solo podían ocuparse de aquella parte del proceso que la ley les atribuía», Kafka 2011, cap. 7). Por otra parte, no llevan una vida irreprochable:

- los empleados inferiores, como los guardias Franz y Willem, buscan métodos para ganar un dinero extra;
- los jueces son descritos como seres vanidosos y vengativos, a veces pueriles. Los acusados están a su merced: las decisiones cruciales dependen de su humor, así que no se da nada por supuesto.

En cuanto a los funcionarios superiores, se les menciona muy poco y son un misterio casi total. Aun así, a pesar de su funcionamiento manifiestamente imperfecto, el tribunal es una organización inalterable y al parecer omnipotente, capaz de destruir muchas vidas.

LAS MUJERES

El papel que desempeñan en este relato se limita prácticamente a distraer a K. durante el proceso:

* la señorita Bürstner: vecina de K., no se siente realmente atraída por él, pero cuando coquetea con ella, está demasiado cansada para actuar de una manera firme;
* la mujer del ujier: se supone que aspira a cambiar su situación de favorita de los señores del tribunal, así que intenta seducir a K. para que puedan ayudarse el uno al otro. Éste está a punto de aceptar para desafiar a la autoridad de los jueces, pero se da cuenta finalmente de que es una hipócrita y una ninfómana (confirmado por su marido después);
* Leni: es la enfermera, *a priori* irreprochable, de Huld. K. la conoce en casa de su abogado. Ella se enamora sistemáticamente de los hombres que tienen pinta de culpables, así que es la cómplice perfecta del abogado. Cuando K. intuye su carácter promiscuo, decide no confiar más en ella.

EL ABOGADO HULD

Siempre está en cama, pero parece resucitar cuando se habla de negocios. Es un hombre manifiestamente sin escrúpulos, que no duda en emplear toda su verborrea para persuadir a los acusados en busca de ayuda de que el abogado para ellos es indispensable, y de los grandes favores que les está haciendo. Con ello, les hace totalmente dependientes de sus servicios, atándoles con una mezcla perfecta de «consuelo» y «desesperanza» (Kafka 2011, cap. 7).

CLAVES DE LECTURA

UN TEXTO INACABADO

Hay que tener en cuenta algo importante cuando leemos *El proceso*: se trata de un fragmento de una obra que jamás fue terminada por su autor (la novela fue abandonada en enero de 1915). Cuando Kafka se ponía a escribir, consideraba que se abría completamente en cuerpo y alma, así que era consciente de que las sesiones de escritura podían desviar fácilmente sus relatos de manera imprevisible. Por eso, decide delimitar el marco de su obra escribiendo antes que nada el primer y el último capítulo.

En su forma original, *El proceso* se presenta como una serie de capítulos clasificados por separado, completos o no, logrados o no. Esto repercute en el resultado final, que aparece como una sucesión de cuadros distintos, sin transiciones evidentes de uno a otro. Éste no se debe a Kafka, sino más bien de Max Brod (1884-1968), su amigo desde hace mucho tiempo y ejecutor del testamento, que descubre tras su muerte, en 1924, muchos textos que no se habían publicado. Él es quien publica la primera edición de *El proceso*.

Así pues, *El proceso* tal y como lo conocemos está influido por Brod, quien integra en el texto principal los capítulos acabados (el capítulo 8, inacabado, es una excepción), los ordena como él considera oportuno y deja a un lado los capítulos más fragmentarios. Aunque probablemente ésta fuera la única solución, esto ha suscitado una gran polémica: ¿en qué orden los hubiera puesto Kafka? ¿Cuáles habría guardado, cuáles habría dejado de lado y cuáles habría reescrito? ¿Cuál podría haber sido la influencia del texto que falta en la interpretación del relato?

LA IMPOSIBLE BÚSQUEDA DE SÍ MISMO

Desde el inicio del relato, K. se enfrenta a una situación absurda y aparentemente inextricable: ignora de qué se le acusa y cómo puede defenderse. Como no es capaz de salir del apuro, se ve anulado por el proceso. Este fracaso puede interpretarse de dos maneras diferentes.

Una interpretación inspirada en el existencialismo

Podemos ver reflejados en el personaje de K. dos temas existencialistas:

- por una parte, la angustia. Es decir, el temor de lo que llevamos dentro (el existencialismo supone una libertad absoluta del hombre, incluso cuando se encuentra frente a elecciones de las que desconoce las consecuencias; estas situaciones son las que nos angustian por las posibilidades de lo que podríamos hacer);
- por otra parte, el de la huida en la opinión de los demás, que consiste en refugiarse en las valoraciones de los demás, de la sociedad, para quitarse la responsabilidad de elegir.

K., como hombre que se aferra a su experiencia personal para reaccionar a lo que le pasa, y que fracasa en sus intentos, es dependiente. En vez de afrontar el proceso haciéndose preguntas sobre sí mismo y actuando en consecuencia, utiliza la ayuda de un abogado y busca también ese amparo en las mujeres que va conociendo para organizar su defensa. De hecho, el religioso del capítulo 9 se lo recalca: «Buscas demasiado la ayuda de extraños». K. elige no elegir, y rechaza así que se le eche la culpa o que se le endose cualquier responsabilidad.

Pero incluso si se hubiese buscado a sí mismo, K. seguiría siendo prisionero de su forma de pensar: siempre se pregunta «¿por qué este proceso?» y no «¿por qué yo?». Por miedo a descubrirse a sí mismo (angustia), no se atreve a pensar por sí solo, no osa definirse de una manera distinta a como lo define la sociedad (fuga), aun cuando el proceso le brinda la oportunidad.

Una interpretación en relación con lo absurdo

Otra interpretación estipula que no es la cobardía de K., sino más bien la poca transparencia de lo que le ocurre, lo que le lleva al fracaso. Ante la complejidad del mundo y su silencio, es imposible encontrar un sentido a su propia existencia. La complejidad está representada por el aspecto «laberíntico» del relato de Kafka, y también por los usos del tribunal, que son opacos. Podemos establecer igualmente una relación entre esta noción y la de la indiferencia del mundo ante los interrogantes del ser humano, siguiendo la concepción de lo absurdo de Albert Camus (escritor francés, 1913-1960). Partiendo de esa base, K., un hombre obligado por el proceso a interrogarse a sí mismo, no encontrará jamás las respuestas a sus preguntas.

La búsqueda de sí mismo se convierte así en algo inalcanzable, y la metáfora de la ley como objetivo igualmente inaccesible, presente a lo largo de *El proceso* (sobre todo, en la parábola de la puerta de la ley, en el capítulo 9), aquí es particularmente pertinente: ¿qué hombre actúa siempre correctamente, quién no tiene absolutamente nada que reprocharse? ¿Quién puede pretender llegar a un estado de inocencia total? En el capítulo 7, K. sueña con redactar su defensa, anotando todos los acontecimientos importantes de su vida para, a continuación, justificarlos. Así demostraría su inocencia. Esto es, obviamente, irrealizable, pero nos muestra por otra parte hasta dónde llega un hombre que está desesperado por encontrar una solución a un problema que no la tiene.

EL ESTILO KAFKIANO

El proceso nos ofrece un ejemplo excelente del estilo que hizo famoso a Kafka, sobre todo gracias a los siguientes elementos:

* se desprende un ambiente particular de la mayor parte de textos de Kafka, en los que se describen acontecimientos improbables, imposibles o simplemente inexplicables, y que tienen lugar en un entorno realista. Este contraste entre realismo y fantasmagoría está presente tanto en la trama principal (K. es arrestado siguiendo órdenes de un misterioso tribunal, cuando no ha hecho nada) como en los detalles del relato (pensemos, por ejemplo, en el hecho de que los cuadros que Titorelli le da a K. son todos idénticos), y esto provoca una sensación de irrealidad, de delirio, incluso de pesadilla, lo que desestabiliza al lector;

- el aspecto laberíntico es también un elemento esencial en Kafka, lo que nos remite a la complejidad de esos mundos que imagina. En el caso de *El proceso*, el sistema laberíntico no solo reside en la descripción de los procesos complicados del tribunal o en los meandros de los pasillos; hay una multitud de detalles, implícitos o no, a menudo contradictorios (entre otros, los ejemplos de Block, a quien representan seis abogados en el tribunal, y del religioso, que insta a K. a que actúe de una manera más independiente; o incluso, según este mismo religioso, el hecho de que el tribunal no quiere nada de K. y el arresto del protagonista) que enredan al lector, quien intenta entender lo que está pasando realmente, o que prueba a pensar qué podría hacer K. Además, muchas cosas no se dicen, dejando una multitud de preguntas sin respuesta, así que no puede saberse exactamente dónde está la verdad;
- paradójicamente, este laberinto de informaciones desconcertantes se nos explica con una lengua muy clara, lógica y precisa. Se emplean mucho conjunciones como «si», «pero» o «así», lo que enlaza por lo general las oraciones de una manera fluida. A menudo, esto nos lleva a las reflexiones metódicas de K. (que, de todas formas, no le bastarán para verlo más claro).

Es típico que el lector se sienta tan perdido como el personaje, sobre todo porque el texto no le da jamás pistas para tener más información que el protagonista. Pero Kafka no puede resumirse solo a una atmósfera sombría, confusa e irreal. También tiene, de forma latente, un sólido sentido del humor. Muchas escenas inquietantes tienen también un lado grotesco –por ejemplo, el estudiante que trae a la mujer del ujier ante el juez en el capítulo 3 la lleva como un saco, se tropieza cuando K. lo empuja por la espalda y da saltitos de alegría porque ha conseguido no caerse. Como anécdota, se dice que cuando Kafka leyó por primera vez el capítulo 1 de *El proceso* a su círculo de amigos, todo el mundo reía a carcajadas, y que el mismo autor debía interrumpir a veces la lectura porque no podía parar de reír.

PISTAS PARA LA REFLEXIÓN

ALGUNAS PREGUNTAS PARA PROFUNDIZAR EN SU REFLEXIÓN...

- Ayudándose de ejemplos, explique brevemente la lógica de K. y la del tribunal. ¿Por qué son incompatibles?
- Comente la frase de Titorelli: «Todo pertenece al tribunal» (Kafka 2011, cap. 7). ¿Qué implica en la interpretación que usted hace del tribunal?
- Cuando K. se deshace de su abogado en el capítulo 8, ¿cree que está cometiendo un grave error o tiene razón? Justifique la respuesta.
- Comente la relación entre K. y Leni. ¿Qué conclusiones se pueden sacar con respecto a sus respectivas personalidades?
- Compare la parábola del capítulo 9 con la situación de K. ¿Qué lecciones cree que K. podría aprender de ella?
- En el último capítulo, parece que K. acepta su destino y que ya no quiere luchar contra el proceso. ¿Cómo explica este giro de 180 grados?
- *El castillo* (1926), tercera novela inacabada de Kafka, enfrenta a otro K. con la administración laberíntica de un pueblo. Compara cómo se trata el tema de la burocracia en *El castillo* y en *El proceso*, y los dos personajes K.

¡Su opinión nos interesa!
¡Deje un comentario en la página web de su librería en línea,
y comparta sus favoritos en las redes sociales!

PARA IR MÁS ALLÁ

EDICIÓN DE REFERENCIA

- Kafka, Franz. 2011. *El proceso*. Traducido por Feliu Formosa. Madrid: Alianza Editorial.

ADAPTACIÓN

- *El proceso*. Dirigida por Orson Welles, con Anthony Perkins. Francia, Alemania Occidental e Italia, 1962. Todas las citas de la guía de lectura han sido traducidas a partir de este texto.

EN RESUMENEXPRESS.COM

- Guía de lectura de *La metamorfosis* de Franz Kafka.
- Guía de lectura de *El castillo* de Franz Kafka.
- Guía de lectura de *Carta al padre* de Franz Kafka.

ResumenExpress.com